Die drei Zaubergaben
oder
Der arme und der reiche Iwan

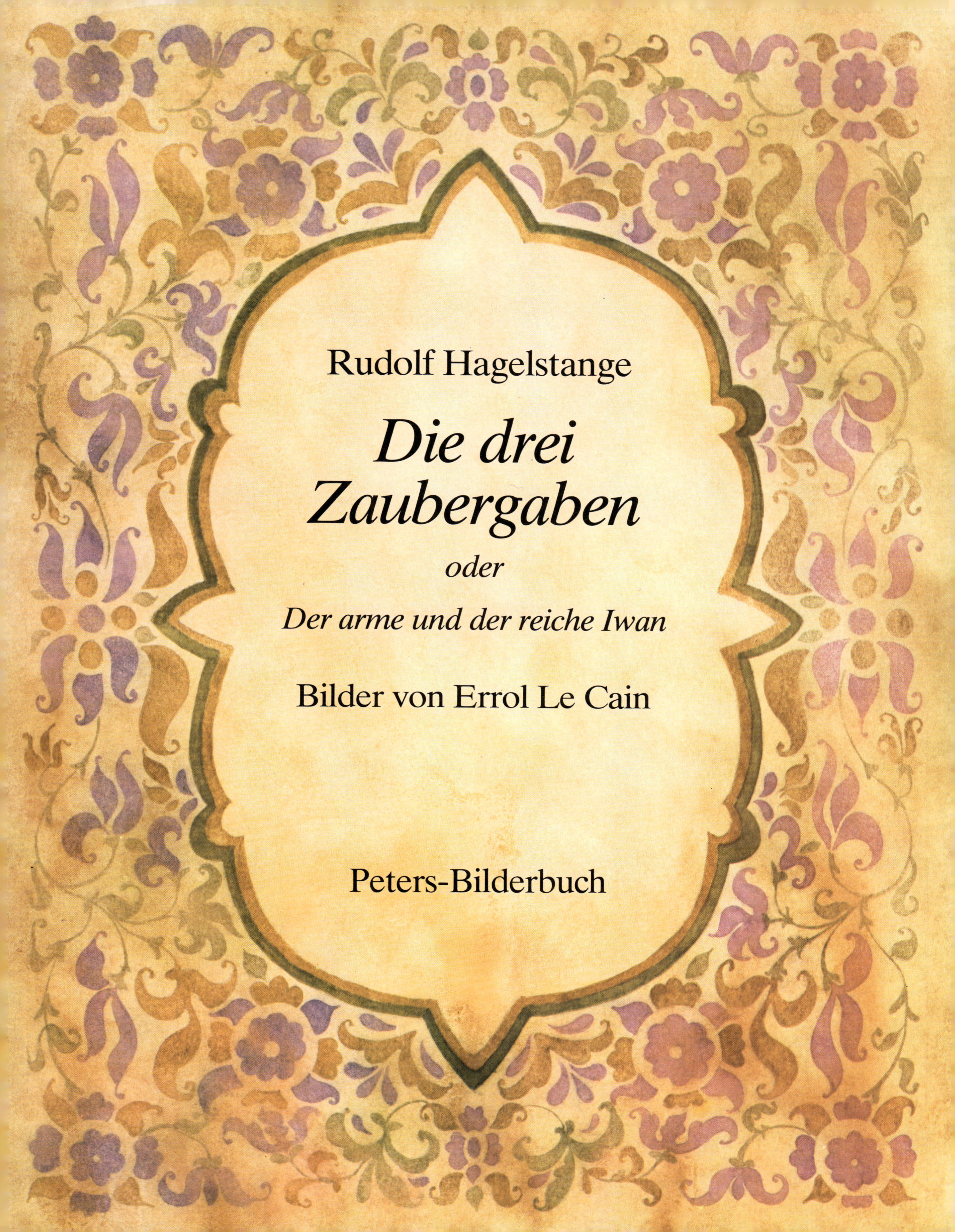

Rudolf Hagelstange

Die drei Zaubergaben

oder

Der arme und der reiche Iwan

Bilder von Errol Le Cain

Peters-Bilderbuch

Englische Ausgabe erschienen bei Kaye & Ward Ltd, London

Printed in Great Britain
ISBN 3-87627-874-0

Von Errol Le Cain sind bisher folgende Peters-Bilderbücher erschienen:
Dornröschen · Cinderella · Die tanzenden Prinzessinnen
Die Schöne und das Biest · Die Hochzeit der Frau Füchsin

Im fernen Rußland, in alter Zeit,
lebten zwei Vettern, von einander nicht weit,
von gleicher Statur und im Alter auch gleich.
Nur: Der eine war arm und der andere reich.

Iwan, der Reiche, hatte Fleisch in der Pfanne,
Brot auf dem Tisch und Wein in der Kanne,
ein gemütliches Heim und den Stall voller Vieh,
Blumen im Garten, die Scheune voll Korn,
schöne Kleider zu tragen hinten und vorn.
Und am guten Essen mangelt's ihm nie.
Mit einem Wort: Er war schwer auf der Höh',
und geschickt war er auch . . .

. . . doch sein Vetter, o weh,
dem fehlte es hinten, dem fehlte es vorn.
Der war weder stark noch geschickt, noch schlau.
Der hatte kein Fleisch, keinen Wein und kein Korn
und sieben Kinder mit seiner Frau
und einen Frosch in der Pfütze vorm Haus
und für die Katz' keine einzige Maus,
keinen Kohl für die Suppe,
für die Kinder keine Puppe,
keine Weste für den Nabel,
kein Fleisch für die Gabel,
für's Gras keine Kuh,
keine Senkel für den Schuh.
Drum machte sich Iwan, das arme Luder,
auf den Weg zu dem reichen Namensbruder.

»Ich bin gekommen, lieber Namensbruder«,
sprach zu dem Reichen das arme Luder,
»dich herzlich um etwas zu essen zu bitten.
Wir haben letzthin argen Hunger gelitten.
Meine armen Kinder weinen und murren.
Ständig will ihnen der Magen knurren.«

»Aber gewiß«, sprach der Reiche, »ich habe zum Glück
eine Schüssel mit Mehl, – die mag die leeren
Mägen wieder füllen und dem Hunger wehren.
Du gibst mir dafür einen Sack voll zurück.«

Iwan brauchte das Mehl – da war nichts zu machen.
Doch eh' er's gebracht in den heimischen Spind,
überfiel ihn beim Heimweg ein wütender Wind
und blies alles davon. Das war nicht zum Lachen.

»Na, warte!« schrie Iwan, »tolpatschiger Wind!
Wenn ich dich erwische, mußt du bezahlen.
Du bist schuld, wenn wir wieder traurig sind
und leiden des Hungers Schwächen und Qualen!«

Und er hastete hinter dem Winde her
übers Feld, durch den Wald, die Kreuz und die Quer,
bis der Wind sich in einem Eichbaum verkroch,
der hohl war. Aber Iwan entdeckte ihn doch.

»Was willst du, spindeldürres Gespenst,
daß du so hinter dem Wind her rennst!?«
fragte der Wind. Und Iwan dagegen:
»Du hast mir mein Mehl verblasen – deswegen!
Ich kann nicht heimgehn mit leeren Händen!«

»Wenn's weiter nichts ist . . .« sagte der Wind,
»hier gebe ich dir dieses Wundertuch.
Das breitest du über des Tisches Enden,
und ihr habt zu essen – mehr als genug,
soviel Mäuler immer am Tische sind.«

Da dankte Iwan dem Wind und ging heim,
legte das Tischtuch auf und sprach folgenden Reim:
»*Tuch, Tuch, Zaubertuch, gib dir Mühe!*
Bring Schwarzbrot, Zwiebeln und fette Brühe,
Gepökeltes und Pilzpastete. Dabei
einen SamovarTee, daß der uns erfreu.«
Kaum waren die Worte dem Munde entflohn,
da schwebte das Tuch überm Tische schon,
und als es sich senkte, lagen zuhauf
die leckersten Speisen und Happen darauf.

Und Iwan, sein Weib und die Kinder speisten,
bis sie ins Land der Träume reisten.
Und am Morgen schaffte das Zaubertuch Ei,
Heidelbeertee, Honig und Käse herbei.
Und just auf dem Gipfel der Frühstückszeit
kam Iwan der Reiche und ward grün vor Neid.

»Nein, so was!« rief er. »Du wardst reich über Nacht,
lieber Vetter!« »Reich?« sagte der. »Hast du gedacht . . .
Aber der Hunger hat nun ein Ende!« – Und dann
sprach Iwan das Tuch um den Mehlsack an
– den schuldete er dem Vetter ja noch.

Und dann stieg tatsächlich das Zaubertuch hoch,
drehte sich und zauberte aus dem Nichts
einen Sack Mehl nicht geringen Gewichts.
Den trug der Vetter kopfschüttelnd davon.

Aber am gleichen Nachmittag schon
kam er zurück und erbat für Gäste,
die sich gemeldet zu plötzlichem Feste,
das Zaubertuch. »Leih es mir, Vetter!« – Und der,
froh helfen zu können, lieh es ihm her.

Mit des Wundertuchs Hilfe servierte der
seinen Gästen ein Fäßchen Bier und dazu ein
knuspriges Spanferkel, Klöße und roten Wein.
Da ging es hoch her . . . . .

Nach dem Festmahl vertauscht' er das Zaubertuch
und gab dem Vetter ein ähnliches wieder.
Der ließ sich mit den Seinen am Tische nieder.
Weil kein Essen kam, lief er zum Vetter und frug:
»Was hast du denn mit meinem Tuch getan?«
»Wovon sprichst du denn?! Ich gab's dir zurück!«

Und so fing das Hungern von vorne an.
Die Kinder greinten, es weinte die Frau.
Die Schränke waren leer und der Himmel stets grau.
Keine Zwiebelschale, kein Krüstchen Brot.
Da ging er zum Vetter und klagte die Not:
»Meine Kinder hungern. Eine Schüssel Mehl
könnte uns retten, bei meiner Seel'.«

»Ich hab' kein Mehl für dich, alter Knilch!«
Wenn du willst, einen Teller mit dicker Milch . . .«

Der arme Iwan nahm und trug seinen Teller.
Heiß brannte die Sonne – er lief immer schneller.
Aber nichts half: Die Dickmilch zerrann.
»Verfluchte Sonne!« schrie er sie an.
»Was essen nun meine Kinder, die süßen?!«

Und er trachtete nun, die Sonne zu fangen
den ganzen Tag, den bösen und langen.
Als er sie abends zwischen zwei Bergen traf,
wo sie sich betten wollte zum Schlaf,
herrschte sie ihren Verfolger an:
Was willst du denn, dürrer Hampelmann?!«

»Du trägst Schuld, daß meine Dickmilch zerrann!«
schrie er. »Was geb' ich den hungrigen Kindern dann?!«

Darauf die Sonne: »Ach, ist es nichts weiter, –
da helf' ich. Nimm eine von meinen Ziegen –
wenn die von dir Eicheln zu fressen kriegen,
kommen Goldstücke statt Milch aus dem Euter!«

Iwan dankte und tat, wie die Sonne gewollt:
Er fütterte Eicheln – die Ziege gab Gold.
Da floh'n alle Sorgen – allerdings nur
solange, bis der Vetter davon erfuhr.

Der kam und bat sich die Goldziege aus
und füllte mit Dukaten alle Fässer im Haus.
Dann bracht' er eine andere Ziege zurück,
dankte und wünschte dem Vetter viel Glück.

Doch als der die mit Eicheln gefütterte Ziege
melken wollte, daß er Goldstücke kriege,
da gab sie nur Milch. Ei, zum Donnerwetter!
Wieder war er betrogen vom schurkischen Vetter!

Der bestritt sein Tun und verwies ihm die Zweifel
und schickte den Vetter Iwan zum Teufel.
Der trottete traurig nachhaus, und von neuem
begannen die Kinder vor Hunger zu schreien.
Und der Winter kam. Und das arme Luder
kam wieder zum reichen Namensbruder.

»Eine Schüssel Mehl! Ach, hab' doch Erbarmen
mit meinen Kindern, den armen!«
»Habe kein Mehl. Kann dir Kohlsuppe geben,
einen Rest von gestern, – den hab' ich noch eben.«

Und so trottete Iwan im Schnee, stapf, stapf,
und balanzierte den Kohlsuppen-Napf.
Aber der Frost, bei dem Stein und Bein
gefroren, der friert auch 'ne Kohlsuppe ein.
Es zwickte und zwackte den Iwan hart,
und bald war die Suppe zu Eis erstarrt.

»Wenn ich dich erwische, du schändlicher Frost . . .!«
fluchte und schimpfte Iwan erbost,
verfolgte den Flüchtigen über weiße Felder,
vereiste Teiche, durch Gärten und Wälder,
bis er an einer Schneewehe stand,
wo ihn der suchende Iwan fand.
»Was willst du?!« herrschte er Iwan an.
»Du spinniger Dürrer, du Hampelmann?!?«

»Du hast meinen Kindern die Suppe gefroren,
und nun füllt ihr Weinen aufs neu meine Ohren!
Mein Vetter betrog mich ums Zaubertuch
und meine Goldziege – es ist ein Fluch.«

»Wenn's weiter nichts ist, – hier, nimm diesen Sack!
Der bringt alles in Ordnung. Mach Huckepack!
Sagst du »Aus dem Sack!«, springen zwei Männer heraus.
Sagst du »In den Sack!«, springen sie wieder zurück.«

Iwan dankte dem Frost und eilte nach Haus.
Vielleicht hab' ich, dachte er, diesmal mehr Glück . . .
Und angelangt rief er: »Raus aus dem Sack!«
Und da – traf ihn – beinah der Schlag . . .

Zwei Männer entsprangen dem Sack und hieben
auf Iwan ein, unsern armen und lieben:
»Iwan, der Reiche, der hat dich betrogen!
Wirst du nicht schlau, wirst du wieder belogen!«
Und sie knüppelten weiter. Kaum wollte es glücken,
sie wieder »Zurück in den Sack!« zu schicken.

Zum Abend kam der Vetter und fragte ihn aus:
»Wo warst du? Was brachtest du diesmal nachhaus?«
Und er hörte die Geschichte vom Zaubersack,
vom Heraus! und Hinein! Vom Zwei-Männer-Pack.

»Gib ihn mir einen Tag! Eins meiner Dächer
gehört repariert – da sind ein paar Löcher.
Ich habe keinen, der so was macht.«
»Aber ja, aber gern. Doch gib acht, gib acht . . .!«

Und der reiche Iwan macht Huckepack
und schultert entschlossen den Zaubersack,
schließt die Türen daheim, ruft: »Raus aus dem Sack!«
Und schon springen zwei Männer heraus und herbei
und möbeln ihn durch mit lautem Geschrei:
»Das Gut deines Vetters bringt dir kein Glück.
Gib ihm das Tuch und die Ziege zurück!«

So fordern sie und prügeln ihn weich,
bis er angelangt ist mit großem Gekeuch
vor des Vetters Haus, vor Schmerzen krumm.
»Rette mich!« schreit er. »Die bringen mich um!«

»Rette mich! Alles geb' ich zurück,
das Zaubertuch und die Zauberzick' ...«
schrie er von neuem. »Ich bitte dich, –
diese Ungeheuer erschlagen mich.«
»Zurück in den Sack!« rief Iwan. Im Augenblick
sprangen die Kerle in den Sack zurück.
Und der reiche Iwan holte Ziege und Tuch
und widersagte neuem Betrug.

Und von nun an ging's Iwan, dem armen, gut:
Er platzt vor Frohsinn und Lebensmut.
Seine Kinder singen, es lacht seine Frau.
Es quakt der Frosch, und die Katz' ruft miau.
Sie haben Geld und bauen sich ein Haus
und lachen Iwan, den Schwindler, aus.

Das Schönste aber: Sie lieben einander.